NTIQUES

POUR

LA COMMUNION DES ENFANTS

ET LA

CONFIRMATION.

Approuvés par Monseigneur l'Evêque d'Angers.

ANGERS

PRIMERIE LIBRAIRIE DE E. BARASSÉ,
imp. de Mgr l'Evêque et du Clergé.

1861.

CANTIQUES

POUR LA

COMMUNION DES ENFANTS

ET LA

CONFIRMATION.

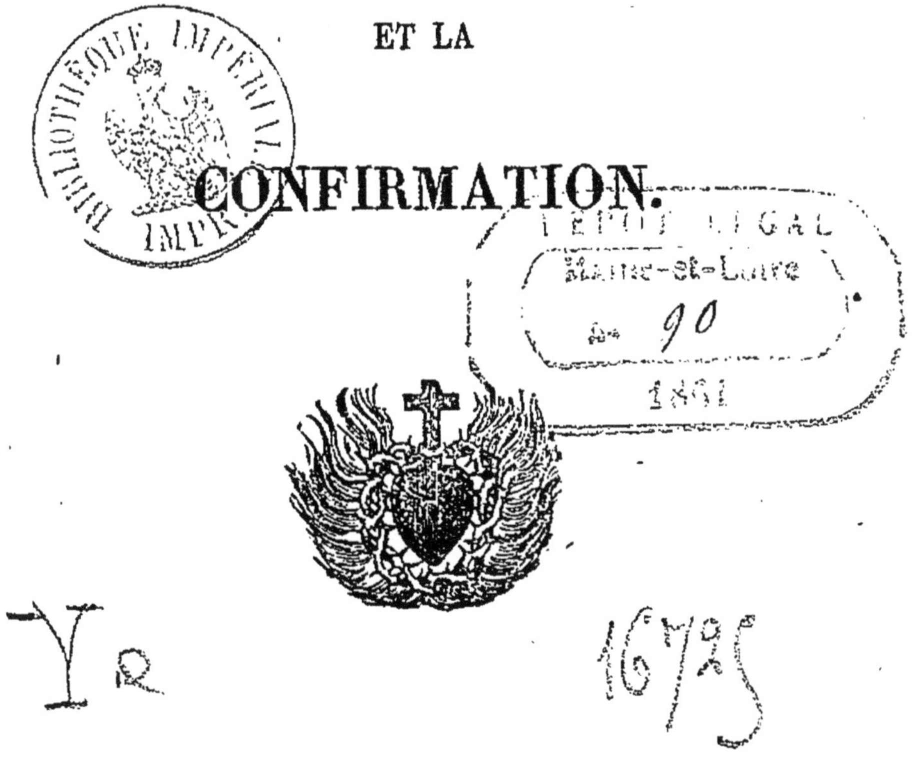

ANGERS,
IMPRIMERIE-LIBRAIRIE DE EUGÈNE BARASSÉ,
Imp.-Lib. de Mgr l'Evêque et du Clergé.

1861.

CANTIQUES

POUR

LA COMMUNION DES ENFANTS

ET LA

CONFIRMATION.

Retraite.

AVANTAGES DE L'INNOCENCE.

AIR : N° 1.

REFR. Heureux qui, dès son enfance,
Soumis aux lois du Seigneur,
N'a pas, avec l'innocence,
Perdu la paix de son cœur ! (bis).

Chéri de celui qu'il adore,
Son bonheur le suit en tout lieu ;
Que peut-il désirer encore,
Quand il se voit l'ami d'un Dieu ? (bis).

En vain la fortune couronne
Du pécheur les moindres désirs ;
Le remords cruel empoisonne
Les plus vantés de ses plaisirs. (bis).

Qui se laisse prendre à tes charmes,
Trop séduisante volupté,
Expiera bientôt dans les larmes
Le plaisir qu'il aura goûté. (bis).

Le moment d'une folle ivresse
Fait place à celui des regrets,
Ce bonheur qu'il poursuit sans cesse,
Le mondain ne l'aura jamais. (bis).

Seigneur, de ma tranquille vie
Rien ne saurait troubler le cours;
La paix ne peut être ravie
A qui veut vous aimer toujours. (bis).
La croix, où mon Jésus expire,
Change mes peines en douceurs :
Si quelquefois mon cœur soupire,
C'est que je songe à ses douleurs. (bis)
L'espoir d'une gloire immortelle
Et d'un bonheur toujours nouveau,
Sème de fleurs, pour le fidèle,
Les bords si tristes du tombeau. (bis).
Mon Dieu, j'y descendrai sans crainte,
Espérant, des bras de la mort,
Voler vers ta demeure sainte
Et chanter dans un doux transport. (bis).

LE SALUT.

AIR Nº 2.

TRAVAILLONS à notre salut;
Quand on le veut, il est facile;
Chrétiens, n'ayons point d'autre but;
Sans lui tout devient inutile. (bis).

REFRAIN.

Sans le salut (bis), pensons-y bien :
Tout ne nous servira de rien. (bis).

Oh! que l'on perd en le perdant!
On perd le céleste héritage :
Au lieu d'un bonheur si charmant,
On a l'enfer pour son partage. (bis

Que sert de gagner l'univers,
Dit Jésus, si l'on perd son âme,
Et s'il faut, au fond des enfers,
Brûler dans l'éternelle flamme? (bis).

Rien n'est digne d'empressement,
Si ce n'est la vie éternelle;
Tout le reste est amusement,
Tout n'est que pure bagatelle. (bis).

C'est pour toute une éternité
Qu'on est heureux ou misérable :
Que devant cette vérité
Tout ce qui passe est méprisable! (bis).

Grand Dieu! que, tant que nous vivrons,
Cette vérité nous pénètre!
Ah! faites que nous nous sauvions,
A quelque prix que ce puisse être. (bis).

Pour opérer un si grand bien,
Priez pour nous, Vierge Marie;
Soyez la force et le soutien
De l'enfant qui sur vous s'appuie. (bis).

INVITATION A SERVIR DIEU.

Air : N. 3.

ARMONS-NOUS! la voix du Seigneur,
Chrétiens, au combat nous appelle;
Ah! voyez, voyez qu'elle est belle
La palme promise au vainqueur!
Elle est si noble, elle est si belle, } *bis*
La palme promise au vainqueur! }

Tout le cours de notre existence
N'est qu'un long et rude combat;
L'âme ferme, que rien n'abat,
Seule obtiendra la récompense. Armons-nous.

Des sens la voix enchanteresse
Veut égarer notre raison;
Leurs délices sont un poison,
Et la mort suit de près l'ivresse. Armons-nous.

La voix du monde nous convie
A ses plaisirs, à ses honneurs ;
Sacrifions ces biens trompeurs
Aux biens de l'éternelle vie. Armons-nous.
Du démon la voix menaçante
Rugit sans cesse autour de nous ;
L'homme de foi craint peu ses coups,
Et rit de sa rage impuissante. Armons-nous, etc.
Que craignez-vous ? Jésus vous guide :
Rangez-vous sous son étendard ;
Que l'ennemi lance son dard :
La croix vous servira d'égide. Armons-nous, etc.
Bon courage, enfants de Marie !
Soyez fermes jusqu'à la mort.
Bientôt vous atteindrez le port :
A vous l'éternelle patrie ! Armons-nous, etc.

MÊME SUJET.

Air : N. 4.

Que notre cœur s'empresse
A chercher le Seigneur :
Pour prix de sa tendresse
Offrons-lui notre cœur,

REFRAIN.

Ah ! quel bonheur
D'être tout au Seigneur !
Il est mon bien, (bis). } bis.
Il est seul mon soutien. }
Il est le bien suprême ;
Lui seul doit nous charmer ;
Il nous prévient lui-même,
Ne faut-il pas l'aimer ?
Oh ! qu'il aime l'offrande
D'un jeune et tendre cœur !
A tous il la demande,
Lui seul fait leur bonheur.

Aimons un si bon père ;
Commençons dès ce jour :
Souvent pour qui diffère
Il n'est plus de retour.
Si sa loi nous est chère,
Respectons nos parents ;
Craignons de leur déplaire,
Soyons obéi-sants.
Qu'une vie innocente
Fixe tous nos désirs;
Le monde ne présente
Partout que faux plaisirs.
Pour nous garder du vice,
Fuyons avec horreur
L'enfant plein de malice,
Sans vertu, sans pudeur.
Méditons sa loi sainte
Pour bien régler nos mœurs.
Ah ! qu'elle soit empreinte
Dans le fond de nos cœurs.
Garantissez sans cesse,
O Dieu plein de bonté,
Notre faible jeunesse
De toute iniquité.
Avec ferveur et zèle
Servons bien le Seigneur;
Toujours être fidèle,
C'est le seul vrai bonheur.

AMOUR DE DIEU.

AIR : N° 5.

Il n'est pour moi qu'un seul bien sur la terre,
Et c'est Dieu seul, Dieu seul est mon trésor;
Dieu seul, Dieu seul allége ma misère,
Et vers Dieu seul mon cœur prendra l'essor.

Je bénis sa tendresse,
Et répète sans cesse
Ce cri d'amour, cet élan d'un grand cœur :
Dieu seul, Dieu seul, voilà le vrai bonheur. (bis).
Dieu seul, Dieu seul guérit toute blessure ;
Dieu seul, Dieu seul est un puissant secours ;
Dieu seul suffit à l'âme droite et pure,
Et c'est Dieu seul qu'elle cherche toujours.
Répétons, ô mon âme !
Ce chant qui seul enflamme,
Ce cri d'amour, cet élan d'un grand cœur :
Dieu seul, Dieu seul, voilà le vrai bonheur. (bis).

Quel déplaisir pourra jamais atteindre
Cet heureux cœur que Dieu seul peut charmer ?
Grand Dieu ! quels maux ce cœur pourra-t-il craindre?
Il n'en est point quand on sait vous aimer.
Aimer un si bon père,
C'est commencer sur terre
Ce chant d'amour de la sainte cité :
Dieu seul, Dieu seul pour une éternité! (bis).

CONTRE LE RESPECT HUMAIN.

AIR : N° 6.

Bravons les enfers,
Brisons tous nos fers,
Sortons de l'esclavage ;
Unissons nos voix,
Rendons à la Croix
Un sincère et public hommage.
Jurons haine au respect humain,
Brisons cette idole fragile ;
Sur ses débris que notre main
Elève un trône à l'Evangile. * Bravons...

Chrétiens, d'une vaine terreur
Serons-nous toujours la victime ?
Qu'il soit banni de notre cœur
Le cruel tyran qui l'opprime ! * Bravons...
Sous le joug d'un monde censeur
Nous gémissons dès notre enfance :
Recouvrons, vengeons notre honneur,
Proclamons notre indépendance. Bravons...
Partout flottent les étendards
Qu'arbore à nos yeux la licence;
Faisons briller à ses regards
La bannière de l'innocence. * Bravons...
Tout chrétien doit être soldat,
Rempli d'ardeur, né pour la gloire;
Quand son chef le mène au combat,
Tremblant il fuirait la victoire ! * Bravons...
Tandis que, sur le champ d'honneur,
La valeur signale les braves,
On me verrait lâche et sans cœur,
Traînant les chaînes des esclaves ! Bravons...
Quoi ! vous rougissez, vils mortels,
Honteux d'être vus dans un temple,
Adorant au pied des autels
Le grand Dieu que le ciel contemple ! * Bravons.
Ne profanez pas ce saint lieu;
Allez, chrétiens pusillanimes,
Qui tremble trahira son Dieu :
La faiblesse est mère des crimes. * Bravons...
Seigneur, ton camp sera le mien :
Tant qu'il coulera dans mes veines
Quelques gouttes du sang chrétien,
Monde, tes menaces sont vaines. * Bravons...
O divin roi, jusqu'au trépas
Mon cœur te restera fidèle;
Puisse ta croix guidant mes pas
Me voir vivre et mourir pour elle. * Bravons...

SENTIMENTS DE CONTRITION.

Air : N° 7.

Hélas ! quelle douleur
Remplit mon cœur,
Fait couler mes larmes !
Hélas ! quelle douleur
Remplit mon cœur
De crainte et d'horreur !
Autrefois,
Seigneur, sans alarmes,
De tes lois
Je goûtais les charmes;
Hélas ! vœux superflus,
Beaux jours perdus,
Vous ne serez plus !

La mort déjà me suit,
O triste nuit,
Déjà je succombe!
La mort déjà me suit ;
Le monde fuit;
Tout s'évanouit.
Je la vois
Entr'ouvrant ma tombe,
Et sa voix
M'appelle et j'y tombe.
O mort, cruelle mort !
Si jeune encor !..
Quel funeste sort !

Frémis, ingrat pécheur,
Un Dieu vengeur,
D'un regard sévère,..
Frémis, ingrat pécheur,
Un Dieu vengeur
Va sonder ton cœur.
Malheureux !
Entends son tonnerre;
Si tu peux,
Soutiens sa colère.
Frémis, seul aujourd'hui,
Sans nul appui,
Parais devant lui.

Grand Dieu! quel jour af-
Luit à mes yeux! (freux
Quel horrible abîme !
Grand Dieu ! quel jour af-
Luit à mes yeux! (freux
Quels lugubres feux !
Oui, l'enfer,
Vengeur de mon crime,
Est ouvert,
Attend sa victime.
Grand Dieu ! quel avenir !
Pleurer, gémir,
Toujours te haïr !

Beau ciel, je t'ai perdu,
Je t'ai vendu
Pour de vains caprices.
Beau ciel, je t'ai perdu,
Je t'ai vendu,
Regrets superflus !
Loin de toi,
Toutes les délices
Sont pour moi
De nouveaux supplices.
Beau ciel, toi que j'aimais,
Qui me charmais,
Ne te voir jamais !....

O vous, amis pieux,
Toujours joyeux,
Et pleins d'espérance,
O vous, amis pieux,
Toujours joyeux,
Moi seul malheureux!
J'ai voulu
Sortir de l'enfance,
J'ai perdu
L'aimable innocence.
O vous, du ciel un jour
Heureuse cour!
Adieu sans retour.

Non, non, c'est une erreur;
Dans mon malheur,
Hélas! je m'oublie:
Non, non, c'est une erreur,
Dans mon malheur
Je trouve un Sauveur;
Il m'entend,
Me réconcilie:
Dans son sang
Je reprends la vie.
Non, non, je l'aime encor,
Et le remords
A changé mon sort.

Jésus, manne des cieux,
Pain des heureux,
Mon cœur te réclame;
Jésus, manne des cieux,
Pain des heureux,
Viens combler mes vœux.
Désormais
Ta divine flamme
Pour jamais
Embrâse mon âme;
Jésus, ô mon Sauveur,
Fais de mon cœur
L'éternel bonheur.

APRÈS L'ABSOLUTION.

AIR : N° 8.

Goutez, âmes ferventes,
Goûtez votre bonheur :
Mais demeurez constantes
Dans votre sainte ardeur.

REFRAIN.

Heureux le cœur fidèle
Où règne la ferveur!
On possède avec elle
Tous les dons du Seigneur.

Elle est le vrai partage
Et le sceau des élus :
Elle est l'appui, le gage,
Et l'âme des vertus.

Par elle la foi vive
S'allume dans les cœurs,
Et sa lumière active
Guide et règle nos mœurs.

Par elle l'espérance
Ranime ses soupirs,
Et croit jouir d'avance
Des célestes plaisirs.

Par elle dans les âmes
S'accroît de jour en jour
L'activité des flammes
Du pur et saint amour.

C'est sa vertu puissante
Qui garantit nos sens
De l'amorce attrayante
Des plaisirs séduisants.
C'est sous sa vigilance
Que l'esprit et le cœur
Conservent l'innocence
Et l'aimable pudeur.

C'est elle qui de l'âme
Dévoile la grandeur,
Et le zèle s'enflamme
Par sa vive chaleur.
De l'âme pénitente
Elle adoucit les pleurs,
Et de l'âme souffrante
Elle éteint les douleurs.

RECONNAISSANCE.

AIR : N° 9.

BÉNISSONS à jamais, (faits).
Le Seigneur dans ses bien-
Bénissez-le, saints anges,
Louez sa majesté,
Rendez à sa bonté
Mille et mille louanges.
* Bénissons, etc.
C'est un bien tendre père,
Plein de bonté pour nous ;
Il nous supporte tous,
Malgré notre misère.
* Bénissons, etc.
Comme un Pasteur fidèle,
Sans craindre le travail,
Il ramène au bercail
Une brebis rebelle.
* Bénissons, etc.
Il console mon âme,
La nourit de son pain;
A ce banquet divin
Il veut qu'elle s'enflamme.
*Bénissons, etc.

Sa bonté me supporte,
Sa lumière m'instruit,
Sa beauté me ravit,
Son amour me transporte.
*Bénissons, etc.
Oui, sa douceur m'entraîne
Sa grâce me guérit,
Sa force m'affermit,
Sa charité m'enchaîne.
Bénissons, etc.
Son cœur sera sans cesse
Ma force et mon appui ;
Je me consacre à lui,
Son tendre amour me presse
* Bénissons, etc.
Dieu seul est ma richesse,
Dieu seul est mon soutien,
Dieu seul est tout mon bien;
Je redirai sans cesse :
*Bénissons à jamais
Le Seigneur dans ses bien-
faits.

LE CIEL.

AIR : N° 10.

Le Ciel en est le prix ;
Que ces mots sont sublimes !
Des plus belles maximes
Voilà tout le précis :
Le Ciel en est le prix. (bis)

Le Ciel en est le prix ;
Mon âme, prends courage ;
Ah ! si dans l'esclavage
Ici bas tu gémis,
Le Ciel en est le prix. (bis)

Le Ciel en est le prix ;
Amusement frivole,
De grand cœur je t'immole
Au pied du crucifix ;
Le Ciel en est le prix. (bis)

Le Ciel en est le prix :
Qu'heureuse est la jeunesse,
Lorsque de la sagesse
Elle porte les fruits !
Le Ciel en est le prix. (bis)

Le Ciel en est le prix ;
La loi m'ordonne-t-elle ?
Fût-ce une bagatelle,
N'importe, j'obéis ;
Le Ciel en est le prix. (bis)

Le Ciel en est le prix :
Un rien, Seigneur, vous charme.
Que faut-il ? une larme ;
Qui n'en serait surpris ?
Le ciel en est le prix. (bis)

Le Ciel en est le prix :
Rends pour moi ce service,
Fais-moi ce sactifice :
Dieu parle, j'y souscris :
Le Ciel en est le prix. (bis)
Le Ciel en est le prix :
Endurons cette injure,
L'amour-propre en murmure,
Mais tout bas je lui dis :
Le Ciel en est le prix. (bis)
Le Ciel en est le prix :
Conservons l'innocence,
Ou par la pénitence
Sauvons-en les débris :
Le Ciel en est le prix. (bis)
Le Ciel en est le prix :
Dans l'éternel empire
Qu'il sera doux de dire :
Tous nos maux sont finis !
Le Ciel en est le prix. (bis)

CHANT DE DÉPART.

AIR : N° 11.

AVANT de quitter notre maître,
Jetons-nous dans son divin cœur :
C'est là que nous pouvons nous promettre
De trouver la paix et le bonheur.
Avant de quitter, etc.
Marie, ô douce et tendre mère,
Recevez aussi nos adieux !
Ah ! conjurez Jésus et son Père
De nous placer un jour dans les cieux.
Marie, ô douce, etc.

Saint Joseph, époux de Marie,
Soyez touché de notre sort;
Guidez nos pas durant cette vie,
Protégez-nous surtout à la mort.
Saint Joseph... etc.

Jour de la Communion.

AVANT LA MESSE.

Air : N° 12.

O saint autel qu'environnent les anges,
Qu'avec transport aujourd'hui je te vois!
Ici mon Dieu, l'objet de mes louanges, } bis.
M'offre son corps pour la première fois.
O mon Sauveur, mon trésor et ma vie,
Epoux divin dont mon cœur a fait choix,
Venez bientôt contenter mon envie, } bis.
Venez à moi pour la première fois.
O saint transport, ô divine allégresse!
Déjà mon cœur s'unit au Roi des rois;
Il est à moi le Dieu de ma jeunesse, } bis.
Je suis à lui pour la première fois.
O chérubins! qui l'adorez sans cesse,
Ainsi que vous, je l'adore et je crois;
Mais devant lui soutenez ma faiblesse, } bis.
Et me guidez pour la première fois.
O jour heureux, jour à mes vœux propice,
A vous bénir je consacre ma voix;
Le Dieu vivant s'immole en sacrifice, } bis.
Et me nourrit pour la première fois.
Embrâsez-moi, Dieu d'amour et de gloire,
D'un zèle ardent pour vos aimables lois;
Et pour toujours gravez dans ma mémoire } bis.
Ce que je fais pour la première fois.

AU COMMENCEMENT DE LA MESSE.

AIR : N° 13.

Venez, Jésus, venez, ô mon Sauveur :
Venez, venez, ô le Dieu de mon cœur.
Au pied de vos autels un doux espoir m'attire :
Vous me l'avez promis ce bien que je désire.
Venez, Jésus, venez, ô mon Sauveur;
Venez, venez, c'est le vœu de mon cœur. (bis).

Venez, Jésus, venez, ô mon Sauveur;
Venez, venez, ô le roi de mon cœur.
Déjà, si jeune encor, ce cœur vous fut rebelle;
Désormais, je le jure, il vous sera fidèle.
Venez, Jésus, venez, ô mon Sauveur;
Venez, venez, régner seul dans mon cœur. (bis).

Venez, Jésus, venez, ô mon Sauveur;
Venez, venez, et visitez mon cœur.
Pour la première fois, du pain de votre table
Vous allez me nourrir, ô Père incomparable ?
Venez. Jésus, venez, ô mon Sauveur,
Venez, venez, rassasier mon cœur. (bis),

Venez, Jésus, venez, ô mon Sauveur;
Venez, venez, tendre Epoux de mon cœur.
Vous vous êtes caché dans la divine hostie,
Pour être mon trésor, ma lumière et ma vie !
Venez, Jésus, venez, ô mon Sauveur,
Venez, venez, et vivez dans mon cœur. (bis).

Venez, Jésus, venez, ô mon Sauveur;
Venez, venez, bien-aimé de mon cœur,
Mon guide et mon soutien, mon maître et mon modèle,
Mon doux consolateur et mon ami fidèle.
Venez, Jésus, venez, ô mon Sauveur;
Venez, venez, vous unir à mon cœur, (bis).

Venez, Jésus, venez, ô mon Sauveur;
Venez, venez, ô seul bien de mon cœur.
Ma victime au Calvaire, ici mon espérance,
Mon refuge à la mort, au ciel ma récompense.
Venez, Jésus, venez, ô mon Sauveur;
Venez, venez, c'est le vœu de mon cœur. (bis).

MÊME SUJET.

AIR : N° 7.

Jésus! ô mon Sauveur,
Mon créateur,
Source de mon être;
Jésus, ô mon Sauveur,
Toi de mon cœur
L'unique bonheur!
En ce jour
Puis-je méconnaître
Que l'amour
Sur moi règne en maître!
Jésus, aimable roi,
Détruis en moi
Ce qui n'est pas toi.

Amour de mon Jésus,
Plus de refus,
Je te rends les armes;
Amour de mon Jésus,
Plus de refus,
Mes sens sont vaincus;
Les soupirs,
Les brûlantes larmes,
Des plaisirs
Détruisent les charmes.
Amour, tes divins feux
Sont-ils aux cieux
Plus délicieux?

Jésus! ton tendre amour
Fait nuit et jour
Ma douce allégresse;
Jésus, ton tendre amour
Fait nuit et jour
En moi son séjour:
Tous mes sens
Nagent dans l'ivresse,
Et je sens
Ta main qui me presse;
Jésus, ta sainte ardeur
Verse en mon cœur
Des flots de bonheur.

Jésus, tout mon espoir
Est de te voir
Au céleste empire;
Jésus, tout mon espoir
Est de te voir
Au beau jour sans soir.
Non, l'attrait
D'un monde en délire
Ne saurait
En mon cœur détruire,
Jésus, le doux plaisir,
L'ardent désir
Pour toi de souffrir.

Seigneur, Roi des vertus,
Pain des élus,
Sois ma nourriture ;
Seigneur, Roi des vertus,
Pain des élus,
Que veux-je de plus ?
Si jamais,

Ingrat et parjure,
J'oubliais
Ta loi sainte et pure,
Seigneur, que le remords
Rende mon sort
Pire que la mort.

A L'ÉLÉVATION DU SAINT-SACREMENT.

AIR : N° 14.

O Roi des Cieux,
Vous nous rendez tous heureux,
Vous comblez tous nos vœux,
En résidant pour nous dans ces lieux.
Prodige d'amour !
Dans ce séjour
Vous vous immolez pour nous chaque jour ;
A l'homme mortel
Vous offrez un aliment éternel !
* O Roi des cieux, etc.

Seigneur, vos enfants
Reconnaissants
Vous offrent les plus tendres sentiments ;
Leurs cœurs, sans retour,
Veulent brûler du feu de votre amour.
O Roi des cieux, etc.

Chantons tous en chœur :
Louange, honneur
A Jésus notre aimable Rédempteur !
Chantons à jamais
De son amour les éternels bienfaits.
* O roi des cieux, etc.

MÊME SUJET.

AIR : N. 15.

REFRAIN.

Le voici l'Agneau si doux,
Le vrai pain des Anges :
Du ciel il descend pour nous ;
Adorons-le tous.

C'est l'amour suprême,
Trésor des vertus ;
C'est le ciel lui-même,
Puisque c'est Jésus.

C'est la sainte hostie,
Le vrai pain des cieux,
D'éternelle vie
Gage précieux.

Céleste modèle
D'aimable douceur,
Tous il nous appelle ;
Courons dans son cœur.

Epoux de nos âmes,
Entends nos soupirs :
Par tes saintes flammes
Calme nos désirs.

Ta sainte présence
Remplit notre cœur
De reconnaissance,
D'amour, de bonheur.

AVANT ET PENDANT LA COMMUNION.

Air : N° 16 ou 17.

Tu vas remplir le vœu de ma tendresse,
Divin Jésus, tu vas me rendre heureux ;
O saint amour, délicieuse ivresse !
Dans ce moment mon âme est tout en feux.

Refrain. Dieu que j'adore,
O doux Sauveur,
Mon cœur t'implore, } bis.
Viens faire son bonheur.

Ne tarde plus, doux Sauveur, tendre Père,
Ne tarde plus à visiter mon cœur ;
Rien, sans Jésus, ne peut le satisfaire ;
Tout autre objet est pour lui sans douceur.

Divin Epoux, tu descends dans mon âme ;
C'est aujourd'hui le plus beau de mes jours.
Que tout en moi se ranime et s'enflamme !
Mon doux Jésus, je t'aimerai toujours.

Il est à moi, ce Dieu si plein de charmes,
Mon bien-aimé, mon aimable Sauveur :
Echappez-vous de mes yeux, douces larmes,
Coulez, coulez, attestez mon bonheur.

O sort heureux, ô sort inestimable,
D'un saint amour je goûte les douceurs.
D'un feu si beau, si pur, si désirable,
Ah ! que je sente à jamais les ardeurs.

APRÈS LA COMMUNION.

Air : N° 16 ou 17.

L'encens divin embaume cet asile :
Quels doux concerts, quels chants mélodieux !
Mon cœur se tait et mon âme est tranquille,
La paix du ciel habite dans ces lieux.

REFRAIN,

* O pain de vie,
O mon Sauveur !
L'âme ravie
Trouve en vous son bonheur. } *bis*

Du vrai bonheur je goûte les prémices ;
Je veux en vain rendre ce que je sens :
Pour exprimer d'aussi pures délices,
Anges du ciel, prêtez-moi vos accents.
* O pain de vie, etc.

Pour embellir le temple de mon âme.
Le Très-Haut daigne y faire son séjour :
Je le possède ; il m'inspire, il m'enflamme ;
Je l'ai trouvé, je l'aime sans retour.
* O pain de vie, etc.

Je vous adore au-dedans de moi-même,
Je vous contemple à l'ombre de la foi ;
O Dieu, mon tout, ô majesté suprême !
Je ne vis plus ; mais Jésus vit en moi.
* O pain de vie, etc.

O saints transports, vive et douce allégresse!
Chastes ardeurs, divins embrassements !
O plaisirs purs, délicieuse ivresse,
Mon cœur se perd dans vos ravissements.
* O pain de vie, etc.

Que vous rendrai-je, ô Sauveur plein de charmes,
Pour tous les dons que j'ai reçus de vous ?
Prenez mon cœur et recueillez mes larmes,
Double tribut dont vous êtes jaloux.
* O pain de vie, etc.

Vous qui prenez vos plus chères délices
Parmi les lis des cœurs purs et fervents,
Mon bien-aimé, je mets sous vos auspices
Mes saints projets et mes vœux innocents.
* O pain de vie, etc.

Je l'ai juré, je vous serai fidèle;
Je vous promets un immortel amour,
Tant qu'à la nuit une aurore nouvelle
Succèdera pour ramener le jour.
* O pain de vie, etc.

Ah! que ma langue immobile et glacée
En ce moment s'attache à mon palais,
Si de mon cœur s'efface la pensée
De votre amour comme de vos bienfaits.
* O pain de vie, etc

RÉSOLUTIONS APRÈS LA COMMUNION.

AIR : N° 18.

Le monde en vain, par ses biens et ses charmes,
Veut m'engager à plier sous sa loi;
Mais pour me vaincre il faut bien d'autres armes:
Je ne crains rien (bis), Jésus est avec moi (bis)!

Venez, venez, fiers enfants de la terre,
Déchaînez-vous pour me remplir d'effroi:
Quand de concert vous me feriez la guerre,
Je ne crains rien, etc.

Cruel Satan, arme-toi de ta rage;
Que tes démons se liguent avec toi;
Tu ne pourras abattre mon courage;
Je ne crains rien, etc.

Non, non, jamais la mort la plus cruelle
Ne me fera trahir ce divin roi:
Jusqu'au trépas je lui serai fidèle;
Je ne crains rien, etc.

Que les enfers, les airs, la terre et l'onde,
Conspirent tous à me remplir d'effroi;
Quand je verrais sur moi crouler le monde,
Je ne crains rien, etc.

Divin Jésus, mon unique espérance,
Vous pouvez tout, mon Seigneur et mon roi;
Augmentez donc pour vous ma confiance.
Je ne crains rien, etc.

ENGAGEMENT D'ÊTRE A DIEU POUR TOUJOURS.

AIR : N° 19.

Mon cœur, en ce jour solennel,
Il faut enfin choisir un maître ;
Balancer serait criminel,
Quand Dieu seul est digne de l'être.

REFRAIN.

C'en est donc fait, ô Dieu Sauveur! } bis
A vous seul je donne mon cœur. }

A qui doit-il appartenir,
Ce cœur qui vous doit l'existence,
Que vous avez daigné nourrir
De votre immortelle substance ?
Que puis-je désirer de plus ?
Je possède mon Dieu lui-même.
Ah ! tous les biens sont superflus
Quand on jouit du bien suprême.
En vain, trop séduisants plaisirs,
Vous faites briller tous vos charmes ;
Vous trompez toujours nos désirs,
Et vous finissez par des larmes.
Le monde prétend à tout prix
Qu'à suivre ses lois je m'engage :
Tu n'obtiendras que mon mépris,
Monde aussi trompeur que volage.
Qu'ils sont étonnants vos bienfaits !
Leur grandeur fait mon impuissance :
Et comment pourrai-je jamais
Acquitter ma reconnaissance ?
Vous voulez bien me demander
De mon cœur la chétive offrande ;
Hésiterais-je d'accorder
Ce que le Tout-Puissant demande ?

Oui, ce cœur vous est consacré ;
Je veux que toujours il vous aime :
J'en atteste le don sacré
Qu'il tient de votre amour extrême.

AVANT VÊPRES.

AIR : N° 20.

CÉLÉBRONS ce grand jour par des chants d'allégresse,
Nos vœux sont enfin satisfaits ;
Bénissons le Seigneur, publions sa tendresse,
Chantons sa bonté, ses bienfaits :
Pour nous, tout pécheurs que nous sommes,
Il descend des cieux en ce jour ;
C'est parmi les enfants des hommes
Qu'il aime à fixer son séjour.
REF. Chantons, sous ces voûtes antiques,
Le Dieu qui règne sur nos cœurs ;
Exaltons, par de saints cantiques,
Et son amour et ses faveurs. (bis)

En ce jour solennel, nourris du pain des Anges,
Bénissons-le, jeunes chrétiens ;
Chantons-le tour-à-tour, répétons les louanges
Du Dieu qui nous comble de biens.
Bon Père, à des enfants qu'il aime,
(Cieux, admirez tant de bonté)
Il donne, en se donnant lui-même,
Le pain de l'immortalité.

Quoi ! Seigneur, en tremblant l'univers te contemple !
La terre a frémi devant toi :
Et du cœur d'un enfant tu veux faire ton temple !
Et tu t'abaisses jusqu'à moi !
Ah ! puissé-je avant qu'infidèle,
Je perde un si cher souvenir,
Mourir comme la fleur nouvelle,
Cueillie avant de se flétrir.

Oui, Seigneur, désormais rangés sous ton empire,
Nous y voulons vivre et mourir ;
Mais ce vœu que l'amour aujourd'hui nous inspire,
Pouvons-nous sans toi l'accomplir ?
C'est toi qui nous donnas la vie:
Que ta grâce en règle le cours ;
Quc ta loi. constamment suivie,
Console enfin nos derniers jours.

MÊME SUJET.

Air : N° 21.

CHANTONS en ce jour
Jésus et sa tendresse extrême:
Chantons en ce jour
Et ses bienfaits et son amour.
Il a daigné lui-même
Descendre dans nos cœurs ;
De ce bonheur suprême
Célébrons les douceurs.
Chantons, etc.

O Dieu de grandeur !
Plein de respect, je vous révère :
O Dieu de grandeur !
J'adore dans vous mon Sauveur.
Si ce profond mystère
Vient éprouver ma foi,
C'est l'amour qui m'éclaire
Et vous découvre à moi.
O Dieu, etc.

Aimons le Seigneur,
Ne cherchons jamais qu'à lui plaire;
Aimons le Seigneur,
Il fera seul notre bonheur.
Ami le plus sincère,
Généreux bienfaiteur,

Il est plus, il est père :
Donnons-lui notre cœur.
Aimons, etc.

Pour tous vos bienfaits,
Que vous offrir, ô divin maître ?
Pour tous vos bienfaits,
Je me donne à vous pour jamais !
En moi je sentis naître
Les transports les plus doux,
Quand je pus vous connaître
Et m'attacher à vous.
Pour tous, etc.

O Dieu tout-puissant !
Par votre aimable providence,
O Dieu tout-puissant !
Conservez mon cœur innocent.
Dès ma plus tendre enfance,
Vous guidâtes mes pas ;
Sauvez mon innocence,
Couronnez mes combats.
O Dieu, etc.

RÉNOVATION DES VOEUX DU BAPTÊME.

AIR : N° 22.

Du roi des Cieux nobles enfants, (bis).
Du Baptême, en ce jour, redisons les serments :

REFRAIN. Jamais, jamais, nous ne plierons
Sous le joug des démons ;
Toujours, toujours, ô Dieu sauveur,
Vous aurez notre cœur.

Par un triste héritage,
Fils malheureux d'un père criminel,
Nous n'avions pour partage,
Que les tourments d'un enfer éternel.

L'eau sainte a coulé sur nos fronts ; (bis)
Ne l'oublions jamais, et toujours répétons :

Sur les fonts du Baptême
Pour nous le Ciel a rouvert ses trésors,
Et Jésus-Christ lui-même
Nous a reçus pour membres de son corps.

Désormais au nombre des Saints, (bis).
Nous avons droit comme eux à tous les dons divins :

Mais aux biens de l'Eglise
Pour avoir part, il faut vivre en chrétien ;
Quoi que le monde en dise,
Pour se sauver il n'est que ce moyen.

Amour donc à nos saintes lois ! (bis)
Jurons de les garder, jurons tous à la fois :
Fiers de notre alliance,
Sachons, chrétiens, en conserver l'esprit ;
Et, par notre innocence,
Soyons toujours dignes de Jésus-Christ !

MÊME SUJET.

AIR : N° 23.

QUAND l'eau sainte du baptême
Coula sur nos fronts naissants,
Et qu'un Dieu, la bonté même,
Nous adopta pour enfants,
Muets encore,
D'autres promirent pour nous :
Aujourd'hui confessons tous
La foi dont un chrétien s'honore.

REF. Foi de nos pères,
Notre règle et notre amour,
Nous embrassons en ce jour
Et ta morale et tes mystères.
Annoncé par mille oracles,
Et de la terre l'espoir,

L'Homme-Dieu, par ses miracles,
Fait éclater son pouvoir :
Victime pure,
Il triomphe du trépas,
Et je n'adorerais pas
En lui l'auteur de la nature !

Par un funeste héritage,
Nos parents, avec le jour,
Nous transmirent en partage,
La haine d'un Dieu d'amour.
En vain je crie,
Le ciel repousse mes pleurs.
Mais Jésus a dit : Je meurs;
Et sa mort me rend à la vie.

Ciel, quelle robe éclatante !
Quel bain pur et bienfaisant !
Quelle parole puissante
D'un Dieu m'a rendu l'enfant !
Je te baptise :
Les cieux s'ouvrent, plus d'enfer,
Et des anges le concert
M'introduit au sein de l'Eglise.

De quel œil de complaisance
Vous me vîtes, ô mon Dieu,
Quand, revêtu d'innocence,
On m'emporta du saint lieu;
Pensée amère !
O beau jour trop tôt passé !
Hélas! je me suis lassé,
Mon Dieu, de vous avoir pour Père.

J'ai blessé votre tendresse,
Violé vos saintes lois :
Vous me rappeliez sans cesse,
Je repoussais votre voix.
Ah ! si mes larmes
Ont mérité mon pardon,

Je puis de votre maison,
Seigneur, encor goûter les charmes.
Loin de moi, monde profane;
Fuis, ô plaisir séduisant :
L'Evangile vous condamne;
Vous blessez en caressant.
Sous votre empire,
Mon Dieu, sont les vrais trésors;
Vos douceurs sont sans remords;
C'est pour elles que je soupire.

Loin de ces palais coupables
Où s'agite le pécheur,
Sous vos pavillons aimables
J'irai jouir du bonheur :
Avant l'aurore,
Mon cœur vous appellera;
Et quand le jour finira,
Mes chants vous béniront encore.

SUR LA PERSÉVÉRANCE.

AIR : N° 24.

Jour heureux, sainte allégresse!
Jésus règne dans mon cœur;
Pourquoi donc, sombre tristesse,
Viens-tu troubler mon bonheur?
Hélas! de mon inconstance
J'ai l'affligeant souvenir,
Et, pour ma persévérance
Je redoute l'avenir.

REFRAIN.

Doux Sauveur de l'enfance,
Cache-nous dans ton cœur;
Conserve-nous la ferveur,
Et le bonheur et l'innocence;

Conserve nous la ferveur,
Et l'innocence et le bonheur.
Ah ! je connais ma faiblesse,
Mes penchants impérieux,
Et la dangereuse ivresse
Que le monde offre à mes yeux :
Dans sa fureur meurtrière
Je vois l'enfer accourir ;
Ah ! si tout me fait la guerre,
Ne faudra-t-il pas périr ?

Quoi ! me dit le Dieu suprême,
Tu pourrais fuir mes autels :
Quoi ! tu briserais toi-même
Ces nœuds chers et solennels ?
Contre toi tout court aux armes,
Tout conspire à t'entraîner ;
Cher enfant de tant de larmes,
Veux-tu donc m'abandonner !

Enfant perfide et coupable,
Avant que de l'outrager,
Attends que l'Etre immuable
Pour toi commence à changer.
Hélas ! tu poursuis ton crime :
Eh bien! cours, vole au plaisir ;
Mais la mort ouvre l'abîme,
Tremble, un Dieu va te punir.

Quoi ! sacrifier la grâce
A l'indigne volupté !
Et pour un monde qui passe
L'immobile éternité !
Pauvre enfant, que vas-tu faire ?
Loin de toi de tels malheurs.
Du moins épargne ton père,
Prends pitié de ses douleurs.

Moi, trahir le Dieu que j'aime !
Jésus, déchirer ton cœur !

T'oublier, beauté suprême !
Outrager mon bienfaiteur !
Ton sang coule dans mes veines,
Et je pourrais te haïr !
Moi, je reprendrais mes chaînes !
Non, Seigneur, plutôt mourir.

Vierge sainte, ô tendre Mère,
Je me jette entre tes bras :
Là viens me faire la guerre,
Enfer, je ne te crains pas.
A ton nom, douce Marie,
Je sens mon cœur s'attendrir :
Qui t'invoque obtient la vie,
Qui t'aime ne peut périr.

Amour sacré de nos âmes,
Pain, délices de nos cœurs,
Embrâse-nous de tes flammes,
Nous jurons d'être vainqueurs.
Jésus, si dans mon délire,
Je dois te trahir un jour,
Qu'au pied de l'autel j'expire
Avant de perdre l'amour !

Confirmation.

INVOCATION AU SAINT-ESPRIT.

AIR : N° 25.

ESPRIT-SAINT, descendez en nous, (bis).
Embrâsez notre cœur de vos feux les plus doux (bis).
Chœur : Esprit-Saint, etc.

Sans vous notre vaine prudence
Ne peut, hélas ! que s'égarer :
Ah ! dissipez notre ignorance, (bis).
Esprit d'intelligence,
Venez nous éclairer. * Esprit-Saint, etc.

Le noir enfer, pour nous livrer la guerre,
Se réunit au monde séducteur ;
Tout est pour nous embûche sur la terre,
Soyez, soyez notre libérateur.* Esprit-Saint, etc.

Enseignez-nous la divine sagesse ;
Seule elle peut nous conduire au bonheur ;
Dans ses sentiers qu'heureuse est la jeunesse !
Qu'heureuse est la vieillesse ! * Esprit-Saint, etc.

MÊME SUJET.

AIR : N° 26.

Esprit-Saint, Dieu de lumière,
O vous que nous invoquons !
Venez des Cieux sur la terre,
Comblez-nous de tous vos dons. (bis).
Accordez-nous cette sagesse
Qui ne cherche que le Seigneur ;
Que notre étude soit sans cesse
De lui soumettre notre cœur.
* Esprit-Saint, etc.
Donnez-nous cette intelligence,
Ce don qui fait connaître au cœur
De la foi toute l'excellence
Et du crime toute l'horreur.
* Esprit-Saint, etc.
De vos conseils que la lumière
Dissipe nos illusions ;
Qu'elle nous guide et nous éclaire
Au milieu des tentations.
* Esprit-Saint, etc.

Venez, inspirez-nous la force
D'aimer Dieu, d'observer sa loi :
Et qu'en vain le monde s'efforce
D'éteindre dans nos cœurs la foi.
* Esprit-Saint, etc.

Enseignez-nous cette science,
L'art divin qui fait les vertus ;
Répandez sur nous l'abondance
Du don qui forme les élus.
* Esprit-Saint, etc.

Qu'une piété vive et pure
Nous anime et brûle toujours ;
Qu'à son feu notre âme s'épure,
Et pour vous s'embrâse d'amour !
* Esprit-Saint, etc.

Inspirez-nous de Dieu la crainte,
De ses terribles jugements ;
Que sa justice, sa loi sainte,
Pénètre et nos cœurs et nos sens !
* Esprit-Saint, etc.

MÊME SUJET.

Air : N° 27.

Venez, Esprit-Saint, pur amour ;
Descendez sur nous en ce jour ;
Allumez, par vos traits vainqueurs,
Le feu divin dans tous les cœurs.

REFRAIN.

Vive le Seigneur, le Seigneur, le Seigneur, } bis.
Vive le Seigneur dans tous les cœurs. }

Grand Dieu, souverain créateur,
Envoyez le Consolateur ;
Vous verrez, malgré les enfers,
Renouveler tout l'univers.

Vous qui seul êtes notre fin,
Guidez-nous par l'Esprit divin :
Faites, Seigneur, qu'à tous moments,
Nous en suivions les mouvements.

AVANT LA CONFIRMATION.

AIR : N° 28.

Quel feu s'allume dans mon cœur?
Quel Dieu vient habiter mon âme?
A son aspect consolateur,
Et je m'éclaire et je m'enflamme.
Je t'adore, Esprit créateur.

REFRAIN.

Parais, Dieu de lumière, (bis).
Et viens renouveler la face de la terre. (bis).

Je vois mille ennemis divers
Conjurer ma perte éternelle :
J'entends tous leurs complots pervers ;
Dieu, romps leur trame criminelle :
Qu'ils retombent dans les enfers !

Quels sont ces profanes accents,
Ces cris et ces pompeuses fêtes?
De Baal ce sont les enfants :
De fleurs ils couronnent leurs têtes,
Que va frapper la faux du temps.

Voyez comme les insensés
Dansent sur leur tombé entr'ouverte!
La mort les suit à pas pressés ;
En riant ils vont à leur perte.
Dieu regarde... ils sont dispersés!

Quoi ! pour un moment de plaisir,
Mon Dieu j'oublierais ta loi sainte !
Dans l'égarement du désir,
Je pourrais vivre sans ta crainte !
Non, mon Dieu, non, plutôt mourir !

Un jour plus pur luit à mes yeux ;
Dieu de clarté, je t'en rends grâce;
Je vois fuir l'esprit ténébreux;
La foi dans mon cœur prend sa place;
Tous mes désirs sont pour les cieux.

Chrétien par amour et par choix,
Et fier de ton ignominie,
Je t'embrasse, ô divine Croix !
Je t'embrasse avec ta folie
Dont j'osai rougir autrefois.
Si, quelques moments égaré,
Je te fuyais, bonté divine,
Allume, en mon cœur déchiré,
Allume une guerre intestine ;
De remords qu'il soit dévoré.
Ah ! plutôt règne, Dieu d'amour,
Sur ce cœur devenu ton temple ;
Que je t'honore dès ce jour ;
Que mon œil charmé te contemple
Dans l'éclat du divin séjour.

APRÈS LA CONFIRMATION.

AIR : N° 29.

QUELLE nouvelle et sainte ardeur
En ce jour transporte mon âme ?
Je sens que l'Esprit créateur
De son feu tout divin m'enflamme.

RÉFRAIN.

Vive Jésus, je crois, je suis chrétien ;
Censeurs, je vous méprise :
Lancez, lancez vos traits, je ne crains rien,
Mon bras vainqueur les brise.
Il faut, dans un noble combat,
Pour vous, Seigneur, que je m'engage ;
Vous m'avez fait votre soldat,
Vous m'en donnerez le courage.
Du salut le signe sacré
Arme mon front pour ma défense ;
Devant lui l'enfer conjuré
Perdra sa funeste puissance.

Le mépris d'un monde insensé
Pourrait-il m'alarmer encore ?
Loin dem'en trouver offensé,
Je sens aujourd'hui qu'il m'honore.

Dans sa fureur, l'impiété
Veut me ravir le Dieu que j'aime :
Je veux, fort de la vérité,
Lui dire toujours anathème.

On a vu de faibles agneaux
Triompher de l'aveugle rage
Et des tyrans et des bourreaux :
Faible comme eux, Dieu m'encourage.

Enfant des généreux martyrs,
Puissé-je égaler leur constance,
Et trouver mes plus doux plaisirs
Au sein même de la souffrance.

A la mort fallut-il s'offrir,
Ou perdre, hélas ! mon innocence,
Grand Dieu, je consens à mourir,
Ne souffrez pas que je balance.

Seigneur, à vos aimables lois
Le grand nombre serait rebelle.
Que mon cœur constant dans son choix
Y serait encore plus fidèle.

Etre à vous, c'est là notre honneur,
Divin conquérant de nos âmes !
Vous servir est notre bonheur,
O céleste objet de nos flammes !

Chrétiens, ranimons notre ardeur ;
Contemplons la palme immortelle ;
Le ciel la promet au vainqueur,
Combattons et mourons pour elle.

A la Très-Sainte-Vierge.

A JÉSUS PAR MARIE. — Air : N. 30.

REFRAIN : Pour aller à Jésus,
Allons, chrétiens, allons par Marie;
Pour aller à Jésus,
C'est le divin secret des élus.

Marie est ma grande richesse,
Et mon tout auprès de Jésus :
C'est mon bonheur, c'est ma tendresse,
C'est le trésor de mes vertus.

Je suis tout sous sa dépendance,
Pour mieux dépendre du Sauveur,
Laissant tout à sa providence :
Mon corps, mon âme, et mon bonheur.

Pour calmer Jésus en colère,
Avec Marie il est aisé ;
Je lui dis : Voilà votre Mère;
Aussitôt il est apaisé.

Quand mon âme se sent troublée
Par mes péchés de tous les jours,
Elle est toute pacifiée,
Disant : Marie, à mon secours !

Quand je m'élève à Dieu mon père
Du fond de mon iniquité,
C'est sur les ailes de ma mère,
C'est sur l'appui de sa bonté.

Elle me dit dans son langage,
Lorsque je suis dans mes combats :
Courage, mon enfant, courage !
Je ne t'abandonnerai pas.

Je vais par Jésus à son père,
Et je n'en suis point rebuté ;
Je vais à Jésus par sa mère,
Et je n'en suis point rejeté.

Pour arriver à la patrie,
Promettons-leur fidélité :
Aimons Jésus, aimons Marie,
Dans le temps et l'éternité.

GLOIRE DE MARIE.

Air : N° 31.

Unis aux concerts des anges,
Aimable Reine des cieux,
Nous célébrons tes louanges
Par nos chants mélodieux.
Chœur : * De Marie
Qu'on publie
Et la gloire et les grandeurs ;
Qu'on l'honore,
Qu'on l'implore,
Qu'elle règne sur nos cœurs.

Auprès d'elle la nature
Est sans grâce et sans beauté,
Les cieux perdent leur parure,
L'astre du jour sa clarté. * De Marie.

C'est le lis de la vallée,
Dont le parfum précieux,
Sur la terre désolée,
Attira le roi des cieux. * De Marie.

C'est l'Auguste sanctuaire
Que le Dieu de majesté
Inonda de sa lumière,
Embellit de sa beauté. * De Marie.

C'est la Vierge incomparable,
Gloire et salut d'Israël,
Qui, pour un monde coupable,
Fléchit le courroux du ciel. * De Marie.

Pour tout dire, c'est Marie :
Dans ce nom que de douceur !
Nom d'une Mère chérie,
Nom, doux espoir du pécheur ! * De Marie.

Ah! vous seuls pouvez nous dire,
Mortels qui l'avez goûté,
Combien doux est son empire,
Combien grande est sa bonté. * De Marie.

Qui jamais de la détresse
Lui fit entendre le cri,
Et n'obtint de sa tendresse
Sous son aile, un sûr abri? * De Marie.

Vous, qui d'un monde perfide
Craignez les puissants appas,
Si Marie est votre égide,
Non, vous ne périrez pas. * De Marie.

En vain l'enfer en furie
Frémirait autour de vous;
Si vous invoquez Marie,
Vous braverez son courroux. * De Marie.

Oui, je veux, ô tendre Mère!
Jusqu'à mon dernier soupir,
T'aimer, te servir, te plaire,
Et pour toi vivre et mourir. * De Marie.

BONTÉ DE MARIE.

Air : N° 32.

Beau lis du ciel, fleur toute pure,
O Vierge mère du Sauveur,
Non jamais ombre de souillure
Ne put ternir votre blancheur.

REFRAIN.

Oh! combien vous êtes bonne,
Quand nous recourons à vous,
Afin que Dieu nous pardonne!
Priez donc, priez pour nous. (bis)

Votre nom seul, auguste mère,
Est un parfum délicieux :
Il nous console sur la terre,
Il ravit les anges des cieux.

Son charme et sa vertu puissante
Dans l'âme rappellent l'espoir:
Telle voit-on la fleur mourante
Renaître à la brise du soir.
L'enfant, guidé pa sa tendresse,
Sur votre autel offre des fleurs;
Dans les transports de l'allégresse,
Il redit vos douces faveurs.
L'orphelin vous nomme sa mère,
Il implore votre secours;
Vous souriez à sa prière,
Votre main le bénit toujours.
Le prisonnier chargé de chaînes,
Vierge, vers vous lève ses fers;
Vous soulagez toutes ses peines,
Vous guérissez ses maux amers,
Vos enfants, sur la mer du monde,
Bravent les écueils et la mort,
Votre main partout les seconde
Et les dirige vers le port.
En vain sur nous Satan s'élance;
Que peut contre nous sa fureur?
Terrassé par votre puissance,
Bientôt il tombe au feu vengeur.

MARIE, CONSOLATRICE DES AFFLIGÉS.

AIR : N° 33.

Au ciel, les saints Anges,
En chœurs glorieux,
Chantent vos louanges,
O reine des Cieux!
Chœur. Honneur, amour à la reine des Cieux (*bis*)
Mais nous, sur la terre,
Sommes vos enfants;
Daignez, bonne mère,
Agréer nos chants.—Honneur, etc.

Soyez l'espérance
Des pauvres pécheurs,
Pleins de repentance
Pleurant leurs erreurs.—Honneur, etc.

Donnez assistance
Aux cœurs délaissés,
Et la patience
Aux pauvres blessés.—Honneur, etc.

Pensez au Calvaire,
A Jésus mourant;
Consolez la mère
Pleurant son enfant.—Honneur, etc.

Protégez sans cesse
L'enfant au berceau,
La faible vieillesse
Au bord du tombeau.—Honneur, etc.

Montrez-vous propice
Au pauvre orphelin,
Soyez sa nourrice,
Trouvez-lui son pain.—Honneur, etc.

A l'heure dernière,
Fermez-nous les yeux;
A votre prière
S'ouvriront les Cieux.—Honneur, et

SAINT NOM DE MARIE.

AIR : N° 34.

REFRAIN.

C'EST le nom de Marie
Qu'on célèbre en ce jour;
O famille chérie,
Chantez ce nom d'amour.
C'est le nom d'une mère,
Chantez, heureux enfants;
Unissez pour lui plaire
Et vos cœurs et vos chants.

C'est un nom de puissance,
Un nom plein de douceur;
Mais toujours sa clémence
Surpasse sa grandeur.
C'est un nom de victoire,
Il dompte les enfers;
Il nous donne la gloire
De briser tous nos fers.
C'est un nom d'éspérance
Au pécheur repentant,
Un gage d'innocence
Au cœur juste et fervent.
Il n'est rien de plus tendre,
Il n'est rien de plus fort,
Le ciel aime à l'entendre;
Pour l'enfer, c'est la mort.
La parole première,
Que dit Jésus enfant,
Fut le nom de sa mère,
Qu'il dit en souriant.
Que le nom de ma mère,
Au dernier de mes jours,
Soit toute ma prière,
Qu'il soit tout mon secours.

MÊME SUJET.

AIR : N° 35.

REFRAIN.

CHANTONS le beau nom de Marie,
Ce nom si grand, si glorieux,
Chantons toute la vie
Ce nom chéri des cieux.
Partout dans l'univers,
Ce nom brillant de gloire
A gravé sa mémoire
Jusqu'au fond des déserts. (bis)

Dans la céleste cour,
Et les Saints et les Anges
A leurs chants de louanges
Mêlent ce nom d'amour. (bis)
Oh ! qu'il est doux au cœur !
C'est un nom plein de charmes ;
Il répand sur nos larmes
Un rayon de bonheur. (bis)
Quand le pauvre orphelin
Gémit dans la misère,
A ce nom d'une mère,
Il bénit son destin. (bis)
Ce nom pour le pécheur,
Est un nom de clémence ;
C'est un nom d'espérance
Dans les jours du malheur. (bis)
Devant ce nom puissant
Qui commande à l'orage,
Satan frémit de rage,
Et recule en tremblant. (bis)
Au pied de l'Eternel,
Porté par la prière,
Il console la terre
Et désarme le ciel. (bis)
Puissé-je le bénir,
Ce beau nom de Marie,
Tous les jours de ma vie,
Jusqu'au dernier soupir ! (bis)

PÉLERINAGE A MARIE.

AIR : N° 36.

DÉPART.

Vers l'autel de Marie,
Marchons avec amour ;
Vierge aimable et chérie,
Donne-nous un beau jour,
On dit que sur notre âge,
Repose ton amour...
Pour ce pélerinage
Donne-nous un beau jour.

Souvent, l'ange perfide
Vient troubler notre amour,
Vierge, sois notre guide,
Donne-nous un beau jour.
Bientôt, dans ta chapelle,
Parlera notre amour;
Il te sera fidèle...
Donne-nous un beau jour.
La fleur, brillante image
Du pur et saint amour,
Nous t'en ferons l'hommage;
Donne-nous un beau jour.
Et dans ton sanctuaire,
Montre-nous ton amour,
N'es-tu pas notre mère?
Donne-nous un beau jour.

RETOUR.

Ton amour c'est le gage
Du bonheur de ce jour;
Qu'il soit notre partage:
Donne-nous ton amour.
Loin de ton sanctuaire
Qu'il est de triste jour!!!
Contre notre misère,
Donne-nous ton amour.
L'enfer de sa furie
Nous poursuit chaque jour
Ah! sauve-nous la vie,
Donne-nous ton amour.
Eh quoi! lâche, infidèle,
J'oublîrais ce beau jour!..
Non, soutiens notre zèle,
Donne-nous ton amour.
La vie est un passage;
Au ciel, au ciel un jour!
Donne-nous en le gage;
Donne-nous ton amour.

ENGAGEMENT A MARIE

AIR : N° 37.

REFRAIN.

Bonne Marie,
Mère chérie,
Tu veux que je sois ton enfant:
Bonne Marie,
Mère chérie,
Je le suis, j'en fait le serment. (bis)
J'entends une voix attendrie
Me dire au cœur à chaque instant:
Mon fils, seras-tu de Marie,
Pour jamais seras-tu l'enfant?
Pour toi mon amour est sincère,
Pour moi le tien l'est-il autant?
Moi je t'aime comme une mère,
Toi m'aimes-tu commme un enfant?

Si l'affreux péché te convie
A transgresser ce doux serment,
Réponds-lui : Je suis à Marie ;
Pour jamais je suis son enfant.
Et quand, un jour, à la lumière
Se fermera ton œil mourant,
Ne crains point que ta bonne mère
Abandonne alors son enfant.
Conduit par moi dans la patrie
Où l'éternel bonheur t'attend,
Tu t'écrîras : Oh ! de Marie !
Oh ! qu'il est doux d'être l'enfant !

CONSÉCRATION DES ENFANTS A MARIE.

AIR : N° 38.

Vous en êtes témoins, anges du Sanctuaire,
De la mère de Dieu nous sommes les enfants;
C'en est fait, et Marie a reçu nos serments :
Honneur, respect, amour à notre auguste Mère !

REFRAIN.

Oui, nous l'avons juré : nous sommes ses enfants;
Nous faisons de nos cœurs le don le plus sincère ;
Que la terre et les cieux redisent nos serments ;
Guerre au monde à Satan (bis) amour à notre mère (bis)

De puissants ennemis nous déclarent la guerre;
Je sens mon cœur frémir à l'aspect des combats :
Soutiens-nous, ô Marie ! à nos débiles bras
Daigne ajouter l'appui de ton bras tutélaire.

Si, pour nous enchaîner, des faux biens de la vie
Le monde offre à nos yeux les attraits imposteurs,
Disons-lui, repoussant ses funestes douceurs :
Mon cœur n'est plus à moi, mon cœur est à Marie.

L'enfer peut de sa rage exciter la tempête,
Le dragon orgueilleux peut frémir de courroux;
L'invincible Marie a triomphé pour nous,
Pour nous du vieux serpent elle a brisé la tête.

Ainsi, toujours vainqueurs, si son bras nous seconde
Et chargés de lauriers dès nos plus tendres ans,
Toujours nous foulerons sous nos pieds triomphants
Les pompes de Satan, les vains plaisirs du monde.

MÊME SUJET. — AIR : N° 39 ou 40.

SION, de ta mélodie
Cesse les divins accords :
Laisse-nous près de Marie
Faire éclater nos transports.
La reine que tu révères,
Le digne objet de tes chants,
Apprends qu'elle est notre Mère,
Et fais place à ses enfants. } (bis).

Mais comment de cette enceinte
Percer la voûte des cieux ?
Descends plutôt, Vierge sainte,
Et viens régner en ces lieux.
Viens d'un exil trop sévère
Adoucir les longs tourments ;
Ta présence, auguste Mère,
Sera chère à tes enfants. } (bis).

Pour toi nous sentons nos âmes
Brûler, en ce divin jour,
Des plus innocentes flammes,
Du plus généreux amour.
Ah ! puissions-nous à te plaire
Consacrer tous nos instants,
Et prouver à notre mère
Que nous sommes ses enfants. } (bis).

Sur tes autels, ô Marie !
Tous d'une commune voix,
Nous jurons, toute la vie,
D'être soumis à tes lois.
De notre hommage sincère
Puissent ces faibles garants
Flatter notre tendre Mère !
C'est le vœu de ses enfants. } (bis).

ACTE DE CONSÉCRATION A LA SAINTE VIERGE.

Très-sainte Vierge, mère de Dieu, souveraine maîtresse des Anges et des hommes, vous voyez prosternés à vos pieds des enfants chrétiens que votre cher Fils a nourris pour la première fois de son corps adorable, qu'il a enivrés de son sang précieux, et auxquels il a inspiré la résolution de n'aimer que lui seul. Devenus plus particulièrement vos enfants, dans ce beau jour, nous venons rendre hommage à votre grandeur, reconnaître vos bontés et réclamer votre protection. Daignez donc, bonne et tendre mère, accepter l'offrande de nos cœurs; c'est le gage de notre respect, de notre amour pour vous, et de la tendre confiance que nous avons en votre pouvoir. Agréez la protestation que nous vous faisons de vivre et de mourir dans votre service. Nous vous demandons en retour de mettre le comble à notre bonheur et de rendre ce jour le plus heureux de notre vie, en nous accordant votre sainte protection et en exauçant les vœux que nous vous adressons de tout notre cœur pour nos parents, nos amis, nos bienfaiteurs, et aussi pour les ministres de votre divin Fils qui se sont efforcés, par leurs instructions, de nous rendre dignes tout ensemble des grâces de Jésus et de l'amour de la meilleure des mères. Ainsi soit-il.

TABLE.

Armons nous la voix 5
Au Ciel les saints Anges 40
Avant de quitter 14
Beau lis du ciel 39
Bénissons à jamais, 12
Bonne Marie 44
Bravons les enfers 8
Célébrons ce grand jour 24
C'est le nom de Marie 41
Chantons en ce jour 25
Chantons le beau nom 42
Du roi des cieux 26
Esprit-Saint, descendez 31
Esprit-Saint, Dieu 32
Goûtez, âmes ferventes 11
Hélas! quelle douleur 10
Heureux, qui dès son 3
Il n'est pour moi 7
Jésus, ô mon sauveur 17
Jour heureux, sainte 29
Le ciel en est le prix 13
Le monde en vain 22
L'encens divin 20
Le voici l'Agneau si 19
Mon cœur, en ce jour 23
O roi des cieux 18
O saint autel, 15
Pour aller à Jésus 37
Quand l'eau sainte, 27
Quel feu s'allume 34
Quelle nouvelle et sainte 35
Que notre cœur 6
Sion, de ta mélodie 46
Travaillons à notre salut 4
Tu vas remplir 20
Unis aux concerts 38
Venez, Esprit-Saint 33
Venez, Jésus, venez, ô 16
Vers l'autel de Marie 43
Vous en êtes témoins 45

Permis d'imprimer.

Angers, le 28 mars 1861.

† GUILLAUME, Év. d'Angers.

Angers, imp. de E. Barassé.

www.ingramcontent.com/pod-product-compliance
Ingram Content Group UK Ltd.
Pitfield, Milton Keynes, MK11 3LW, UK
UKHW022143190726
13855UKWH00003B/1310